AF272089

Inspektor Meininger ermittelt

Inspektor Meininger ermittelt
3 Kurzgeschichten

Anita Adam

Bibliografische Information der Deutschen Nationalbibliothek: Die Deutsche Nationalbibliothek verzeichnet diese Publikation in der Deutschen Nationalbibliografie; detaillierte bibliografische Daten sind im Internet über dnb.dnb.de abrufbar.

©2023 Anita Adam

Herstellung und Verlag:
BoD – Books on Demand, Norderstedt

ISBN: 9783757827557

Mord in Steinhude

Steinhude ist ein kleiner, jedoch nicht unbekannter und insbesondere bei Fahrradtouristen sehr beliebter Ort in Norddeutschland. Er gehört zum Bezirk Wunstorf, das wiederum zur Region Hannover zählt.

Es war mitten im Juli und es sollte der bislang heißeste Tag des Jahres werden – 35 Grad und mehr waren angesagt und der ungetrübte Sonnenschein sollte dies noch verstärken. Die Bewohner von Steinhude verkrochen sich entweder in ihren Häusern oder suchten sich ein schattiges Plätzchen im Garten oder am Pool.

Die Kinder badeten vergnügt im Wasser - endlich waren die langersehnten Sommerferien da.

Mit diesen verwandelt sich Steinhude Jahr für Jahr zu einer Touristenhochburg mit verkaufsoffenen Sonntagen und dichtem Gedränge im Stadtkern.

Die Fischbrötchen verkaufen sich dann sehr gut und in den Eisdielen kann sich jeder glücklich schätzen, der noch einen Sitzplatz ergattern kann.

An diesem Tag wagten sich sogar ein paar Touristen an die Pflichttour – einmal ums Steinhuder Meer herum. Doch die meisten bevorzugten die Badeinsel, um sich zu erfrischen.

An heißen Tagen verwandelt sich diese zu einem Treffpunkt für hitzegeplagte Städter, aber auch zahlreiche Wassersportfans, denen die geringe Wassertiefe des Binnensees zugutekommt.

An jenem heißen Tag wehte ein leicht süßlicher Geruch durch das gekippte Badezimmerfenster von Familie Paulsen. Die Ehefrau Christiane Paulsen war mit den beiden Kindern seit ein paar Tagen verreist und so fiel es nicht weiter auf, dass hier etwas ganz und gar nicht stimmte.

Der Tod lag buchstäblich in der Luft und mit ihm eine ganz besonders angespannte Atmosphäre. Als Frau Paulsen an jenem Morgen zurückkehrte, merkte sie sofort, dass ihr Mann nicht wie üblich zu Hause anwesend war.

„Hallo Tim", rief sie in den Raum, als sie eintrat.

„Hallo Papa, wo bist du?", riefen die beiden Kinder. Doch auch hier blieb die Antwort aus.

Die Familie wunderte sich und ging einmal durchs Haus.

„Tim, bist du da drin? Wir sind wieder da", sprach Christiane Paulsen durch die verschlossene Badezimmertür.

Als sich nach einer halben Stunde nichts tat, beschloss sie die Tür eigenmächtig zu öffnen.

Der Anblick ließ ihr das Blut in den Adern gefrieren. Ihr Mann lag bewusstlos und zusammengekauert in einer Ecke des Badezimmers. Schnell rannte sie zu ihm hin, doch sie konnte keinen Puls mehr ermitteln.

Er war noch ganz warm und so forderte sie den Rettungswagen an, der nach Ankunft nur noch seinen Tod feststellen konnte. Sie rief mit zittriger Stimme die Polizei.

Als an diesem Tag das Telefon klingelte, wusste Inspektor Meininger instinktiv, dass hitzefrei heute ausfallen musste.

„Polizeikommissariat Wunstorf, Inspektor Meininger?"

„Polizeistation Steinhude, Herr Inspektor, wir haben hier eine Leiche", hörte er am anderen Ende der Leitung.

Damit waren seine Pläne fürs Wochenende Geschichte und er hätte die nächsten Tage und Wochen ganz andere Probleme als fehlende Bowling-Partner oder die Frage, welchen Last-Minute-Urlaub er nun buchen sollte. Alles Fragen, die ihn die letzten Wochen im Sommerloch beschäftigten. Doch nun spürte er, dass ein ganzer Haufen Arbeit auf ihn zurollte und er sollte damit nicht unrecht behalten.

Inspektor Meininger war ein Mann Mitte vierzig, korpulent und eher kleinwüchsig. Vom Typ her würde man ihn als Südländer einordnen, obwohl er in Wahrheit einfach nur einen etwas dunkleren Teint hatte. Er war ledig und eigentlich auf der Suche nach einer Partnerin, auch wenn es ihm mit der Frauenwelt nicht allzu leicht fiel. Er musste des Öfteren die Erfahrung machen, dass sein unsteter Lebensstil nicht gerade förderlich für eine Beziehung war, und er hatte sich damit weitgehend abgefunden.

Inspektor Meininger stieg also ins Auto und machte sich umgehend auf den Weg zu Familie Paulsen.

„Ausgerechnet in Steinhude. Das ist so ein beschaulicher Ort, wo nie irgendetwas passiert. Das ist schon sehr verwunderlich", dachte er unterwegs nach.

Als er am Haus angekommen war, sah er bereits die schluchzende Ehefrau und die beiden Kinder an der Tür stehen. Es handelte sich also um eine Familie mit Kindern. So etwas war immer richtig bitter. Er musste der Sache einfach auf den Grund gehen.

Die Ehefrau des Verstorbenen empfing ihn bereits an der Haustür mit verweinten Augen.

„Danke, Herr Inspektor, dass Sie so schnell kommen konnten. Es ist ganz schrecklich. Mein Mann liegt im Bad. Ich habe versucht, das Ganze von den Kindern fernzuhalten, leider vergeblich. Sie sind schon komplett verstört", führte Frau Paulsen aus.

Sie führte ihn ins Badezimmer, wo die Leiche lag. Er konnte auf den ersten Blick erkennen, dass der Mann nicht eines natürlichen Todes gestorben war. Darauf deuteten die zahlreichen, neben ihm liegenden Tabletten hin. Die Details mussten die Gerichtsmediziner klären. Er verständigte die Spurensicherung, dass sie den Tatort sichern sollten, und benachrichtigte die Gerichtsmedizin vom baldigen Eintreffen des Verstorbenen.

Seine Aufgabe bestand nun darin, die Umstände des Todes zu identifizieren und die möglichen Tatverdächtigen zu ermitteln.

Nachdem er schon hier war, würde er als erstes Frau Paulsen befragen.

„Frau Paulsen, ich hätte ein paar Fragen an Sie. Wäre es möglich, dass wir uns kurz ungestört unterhalten? Oder soll ich lieber ein anderes Mal noch mal kommen?"

Sie nickte ihm zu und schickte die Kinder mit ihrer Mutter raus in den Garten. Frau Paulsen wirkte sehr erschöpft.

„Soweit ich das richtig verstanden habe, waren sie zuvor alleine mit den Kindern verreist. Wo waren Sie und wie lange waren sie weg?", fragte Inspektor Meininger.

„Ich war mit den Kindern bei meiner Mutter im Sauerland. Ich wollte sie abholen, dass sie uns ein paar Tage hier unterstützt. Ich bin vor vier Tagen weggefahren, da war hier alles noch in Ordnung. Zumindest dem Anschein nach."

„Wie genau darf ich das verstehen?"

„Nun ja, mein Mann und ich lebten faktisch in Trennung, seitdem mein Mann mich mit der Haushälterin von Frau von Stein, dieser Annette, betrogen hat."

Inspektor Meininger notierte sich alles wortgetreu.

„Das kann ich verstehen. Ist Ihnen sonst noch irgendetwas aufgefallen, bevor Sie weggefahren sind, dass eventuell auf die aktuellen Umstände schließen lassen könnte?"

„Nein, ansonsten ist mir nichts aufgefallen. Mein Mann hatte zuletzt ziemliche Schlafprobleme, aber jetzt weiß ich ja, was ihm die schlaflosen Nächte bereitete", erklärte Frau Paulsen.

„Und als Sie zurückkamen, fanden Sie ihn bereits leblos im Badezimmer vor?"

„Genau. Das Eigenartige war nur, dass die Badezimmertür abgeschlossen war. Wenn jemand alleine ist, dann braucht er normalerweise nicht abzuschließen, oder? Na ja, vielleicht wollte er ganz sicher ungestört sein bei … na ja, Sie wissen schon."

„Sie denken, dass er sich selbst umgebracht hat?", entgegnete Meininger.

„Ich war es jedenfalls nicht, auch wenn ich nach all dem jeden Grund dazu gehabt hätte. Aber um Ihre Frage zu beantworten, ja, ich denke, dass er sich selbst gerichtet hat. Nur warum, darauf kann ich mir nicht recht einen Reim machen."

Inspektor Meininger hatte an dieser Stelle alles gehört, was er wollte, und verabschiedete sich von Frau Paulsen. Er war nun gespannt, was die pathologische Untersuchung ergeben würde. Die Obduktionsergebnisse würde es allerdings frühestens in ein paar Tagen geben. Die Auswertung der Spurensicherung hatte leider nicht viel ergeben, außer dass tatsächlich mehrere Packungen Schlaf- und Beruhigungsmittel mit dem klingenden Namen „Tavor" neben ihm gefunden wurden. Somit verdichteten sich die aktuellen Anzeichen auf Selbstmord. Inspektor Meininger hatte sich zum Ziel gesetzt, am nächsten Tag Frau von Stein und ihr Personal zu befragen. Wenn die Haushälterin von ihr eine Affäre mit Herrn Paulsen hatte, könnte sein Tod eventuell in einem Zusammenhang mit ihr stehen. Dem musste er nachgehen.

Er klingelte dreimal an der Haustür, ehe eine junge Dame die Tür öffnete.

„Ja bitte, was kann ich für Sie tun?", fragte sie den in Zivil erschienen Polizisten.

„Guten Tag, Inspektor Meininger, Polizeikommissariat Wunstorf. Bin ich hier richtig an der Adresse von Frau von Stein?"

Er hatte nicht ein so junges Gesicht erwartet, auch wenn eine unbekannte Traurigkeit dieses im Augenblick verdunkelte.

„Ja natürlich. Bitte kommen Sie herein. Mein Name ist Annette Zuckerhut und ich bin hier die Haushälterin. Bitte gehen Sie ins Wohnzimmer. Ich benachrichtige Frau von Stein und sie kommt gleich zu Ihnen."

„Das war also seine Affäre; ob sie schon von seinem Tod weiß? So traurig wie sie schaut, könnte ich mir das schon vorstellen", dachte der Inspektor über die junge Frau nach.

Gerade als er im Wohnzimmer angekommen war und sich die ganzen kostbaren Glastiere in der Vitrine anschaute, hörte er von hinten eine Stimme: „Ich begrüße Sie, Herr Inspektor, Frau von Stein, mein Name. Möchten Sie eine Tasse Tee?"

„Nein danke", antwortete Meininger beim Anblick der wohlhabenden Dame leicht verlegen. Sie musste bereits weit über siebzig Jahre alt sein; das erkannte er am Hals. Ansonsten wirkte ihr Gesicht nicht altersentsprechend, sondern wesentlich jünger. Ihr Kostümkleid war aus kostbarem Stoff handgenäht und unterstrich ihre Eleganz. Geld spielte bei ihr lediglich eine untergeordnete Rolle. Er konnte sich nur schwer vorstellen, dass so eine Dame mit dem Tod von Herrn Paulsen zu tun haben könnte, musste sie als direkte Nachbarin jedoch befragen.

„Haben Sie schon vom Tod ihres Nachbarn, Herrn Paulsen, gehört?"

„Ach, er ist tot? Daher ist es jetzt so still geworden", antwortete sie relativ unerwartet.

„Sie meinen, vorher war es lauter?"

„Grässlich, sage ich Ihnen. Ständig dieser Motorradlärm; das war schon nicht mehr aushaltbar. Und ständige Diskussionen am Gartenzaun. Da können Sie besser meinen Gärtner, Herrn König, befragen. Entweder es landeten ständig Spielgeräte der Kinder bei uns oder es wurde sich nicht entsprechend um die Hecken gekümmert, die zu uns herüberwuchsen. Ich wünsche niemandem den Tod und ich finde, was passiert ist wirklich tragisch für die Familie, aber vielleicht kehrt nun etwas Ruhe ein."

„Ich verstehe. Und mit Frau Paulsen hatten Sie keine Probleme?"

„Nein, die ist eine ganz liebe Person. Ich habe sie immer als sehr zurückhaltend und freundlich erlebt. Immer wenn ihr Mann wieder ausrastete, versuchte sie ihn zu beruhigen und zur Vernunft zu bringen. Das war keine leichte Aufgabe, das sage ich Ihnen."

„Ist er denn öfter ausgerastet?", hakte Meininger nach.

„Ja wie ich schon gesagt habe, flogen öfter die Spielgeräte der Kinder über den Zaun und als man ihn darauf ansprach, da hagelte es nur spitze Bemerkungen und Unverständnis. Ich würde sagen, er war ein Choleriker. Das ist meine Meinung. Aber warum er jetzt tot ist, darauf kann ich mir keinen Reim machen. Gut, er hatte ernsthafte Schlafprobleme, geisterte öfter nachts durch die Straßen. Aber deswegen bringt man sich nicht gleich um, oder?", fuhr Frau von Stein fort.

„Vermutlich nicht. Sie gehen also von Selbstmord aus?"

„Nun ja, ich wüsste nicht, wer ihn umgebracht haben könnte. Hier in Steinhude sind die Menschen sehr friedlich, wir leben hier in Harmonie, wenn auch manchmal nur scheinbar, Sie wissen schon. Aber dass es hier plötzlich einen Mordfall geben soll, nein, das kann ich mir beim besten Willen nicht vorstellen. Ich denke, und das ist nur wilde Spekulation, dass er vielleicht zu viel von seinem Schlafmittel genommen haben könnte."

Der Inspektor wurde an dem Punkt hellhörig.

„Schlafmittel? Woher wissen Sie davon? Hat er Ihnen davon erzählt?"

Frau von Stein errötete kurz und antwortete mit unveränderter Stimme.

„Ach, das hat mir nur der Gärtner, Herr König, mal beiläufig erzählt. Ich habe aber keine Ahnung, woher er das wieder weiß. Das müssen Sie ihn schon selbst fragen. Entschuldigen Sie bitte, aber haben Sie noch viele Fragen? Ich bin nämlich sehr erschöpft und würde mich gerne hinlegen."

„Nein, vielen Dank, ich denke, ich habe alles gehört, was ich wollte. Vielen Dank Frau von Stein für Ihre Zeit und Mühe. Ich habe mir alles notiert und sollte ich wider Erwarten noch mal Fragen haben, weiß ich ja, wo Sie wohnen."

„Gut, meine Haushälterin begleitet Sie dann zur Tür hinaus."

„Ach ja, eine Frage noch: Dürfte ich vielleicht noch den Gärtner und die Haushälterin in der Sache befragen?"

Frau von Stein wirkte nicht sehr glücklich bei der Frage, ließ ihn allerdings gewähren.

„Wenn es unbedingt sein muss. Ich ziehe mich jetzt zurück, dann können Sie beide gerne befragen."

Der Inspektor bedankte sich und stand plötzlich vor der Haustür. Da er gerade den Gärtner vorbeigehen sah, würde er zuerst ihn befragen.

„Hallo, sind Sie, Herr König?", rief Meininger dem Gärtner hinterher.

Dieser drehte sich überrascht um und nickte zustimmend.

„Sehr gut, ich bin Inspektor Meininger vom Polizeikommissariat Wunstorf. Ich hätte ein paar kurze Fragen an Sie im Zusammenhang mit dem Tod von Herrn Paulsen. Haben Sie davon schon Kenntnis erlangt?", fragte er Herrn König.

14

„Ja, wirklich tragisch und ein großer Verlust. Ich trauere um ihn", fuhr er überraschenderweise fort.

Seine Trauer wirkte tatsächlich nicht gespielt und stand im völligen Gegensatz zu der Aussage von Frau von Stein.

Er musste wissen, woher diese Trauer kam.

„Denken Sie, dass es Selbstmord war?", fragte Meininger.

„Selbstmord? Unmöglich. So etwas würde er nie tun."

„Was macht Sie da so sicher?"

„Um ehrlich zu sein, waren wir ziemlich gut befreundet. Das hat sich über die Jahre so ergeben, wenn man Zaun an Zaun wohnt. Er hat auch öfter was im Garten gemacht und so kam das mit der Zeit. Er war schon ein cooler Typ."

„Frau von Stein meinte, dass es viele Streitigkeiten am Gartenzaun gab und dass Sie dazu Näheres wüssten?"

„Ach Frau von Stein. Ich respektiere sie als meine Arbeitgeberin, aber um ehrlich zu sein, habe ich Ihre Ansichten nie verstanden; ständiges Meckern und Beschweren – nur schwer aushaltbar. Aber bitte erzählen Sie ihr nicht davon."

„Keine Sorge, unser Gespräch ist vertraulich", beruhigte Meininger den aufgebrachten Gärtner, der wiederum weiter ausführte.

„Wir mussten unsere Freundschaft verheimlichen, weil Frau von Stein nichts davon erfahren sollte. Ich wollte hier nicht noch mehr Stress haben, also spielte ich bei ihren Ansichten nach außen hin mit. In Wahrheit wusste Tim, also Herr Paulsen, dass ich absolut seine Meinung in allem teilte und meine Chefin nur spießig fand. Aber gut, jetzt ist das sowieso egal. Er ist ja leider nicht mehr da und das schmerzt sehr."

„Gut, ich habe mir alles notiert. Eine letzte Frage hätte ich noch: Was wissen Sie über die Schlafmittel von Herrn Paulsen? Wissen Sie, was ihm die schlaflosen Nächte bereitete?"

Bei dieser Frage zuckte Rolf König zusammen.

Er antwortete leicht stotternd: „Na ja, ich weiß, dass er diese brauchte, weil er ziemlich Stress mit seiner Frau hatte. Die beiden lebten schon quasi in Trennung."

Das hatte er bereits von Frau Paulsen erfahren. Er musste jetzt nur noch die Affäre mit Frau Zuckerhut in den Zusammenhang bringen.

„Wissen Sie vielleicht rein zufällig, was die Ehekrise befeuert hat? Ich denke, Sie als sein ehemals bester Freund wissen vielleicht noch mehr als das Offensichtliche", versuchte Meininger aus ihm herauszulocken.

„Sie meinen die Affäre mit Frau Zuckerhut?", entfuhr es dem Gärtner und er bereute sodann, dass ihm das herausgerutscht war. Meininger nickte zustimmend und ließ ihn weitererzählen.

„Annette, also ich meine, Frau Zuckerhut, war für ihn sein Lebenselixier. Die beiden liebten sich eine Zeit lang wirklich sehr. Das war definitiv mehr als nur ein Seitensprung."

16

„Und seit wann lief das schon? Wissen Sie das?"

„Ach bestimmt schon ein paar Monate, seitdem Annette hier bei Frau Stein angefangen hat. Das ging dann alles relativ schnell. Ich durfte auf keinen Fall etwas verraten. Aber Christiane Paulsen hatte die beiden dann einmal selbst erwischt. Da war die Hölle los, das sage ich Ihnen. Gut, kann ich im Übrigen verstehen; war für sie dann auch keine leichte Situation mit zwei Kindern. Sie versuchten es dann mit einer Paartherapie, hauptsächlich den Kindern zuliebe, aber Tim kam nie von Annette los, auch wenn diese das Ganze vor einem Monat plötzlich beendet hat. Ich glaube, ihr wurde das alles zu viel. Durch den ganzen Stress uferte sein Schlafmittelkonsum dann irgendwann aus."

„Denken Sie, sein Tod war ein Unfall?"

„Ja, davon gehe ich aus. Wie gesagt, er war nicht der Typ, der sich selbst umbringen würde. Und einen Mord kann ich mir sehr schwer vorstellen. Er hatte keine richtigen Feinde."

Inspektor Meininger hatte an dieser Stelle mehr gehört, als er erwartet hätte. Er bedankte sich bei Herrn König und ging noch mal Richtung Haus. Er war sehr gespannt darauf, was Frau Zuckerhut zu sagen hatte.

Meininger klingelte erneut an der Tür. Als Frau Zuckerhut aufmachte, wirkte sie, als hätte sie den Inspektor bereits erwartet.

„Bitte, Herr Inspektor, kommen Sie herein; gehen wir vielleicht ins Gästezimmer."

Meininger folgte ihr stumm und bestaunte von unterwegs die imposanten Kronleuchter an den mit Stuck verzierten Decken. Es handelte sich wirklich um eine Prachtvilla.

„Bitte setzen Sie sich. Möchten Sie vielleicht eine Tasse Tee oder Kaffee?", fragte Frau Zuckerhut, während sie auf den leeren Stuhl zeigte.

„Nein, danke. Frau Zuckerhut, ich möchte Sie auch gar nicht lange aufhalten, ich hätte nur ein paar Fragen."

„Ja natürlich. Ich weiß bereits vom Tod von Herrn Paulsen."

Meininger merkte sofort, wie schwer es ihr fiel, ihre traurigen Gefühle zurückzuhalten und reichte ihr ein Taschentuch. Daraufhin fuhr sie schluchzend fort: „Entschuldigung, aber die Art, wie er gestorben ist, nimmt mich wirklich sehr mit."

„Was meinen Sie denn, wie er gestorben ist?"

„Ich habe gehört, dass er sich selbst umgebracht haben soll. Gibt es da etwa Zweifel daran?", fragte sie verunsichert.

„Wir ermitteln in verschiedene Richtungen. Von wem haben Sie gehört, dass er sich selbst umgebracht haben soll?", bohrte Meininger weiter nach.

„Das behauptet Frau von Stein und ich dachte, da sie so gut mit Frau Paulsen befreundet ist, dass sie da eine zuverlässige Quelle wäre."

„Wie gesagt, wir ermitteln in verschiedene Richtungen. In welchem Verhältnis standen Sie zu Herrn Paulsen?"

18

„Nun ja, wir standen uns sehr nahe, wie sie vielleicht schon gehört haben. Wir haben uns eine Zeit lang geliebt, aber irgendwann ist meine Liebe zu ihm erloschen, was er nie wirklich überwunden hat. Ich konnte das auch irgendwann nicht mehr ertragen, dass er mit mir seine Ehefrau und Kinder betrog und habe das Ganze dann beendet. Daraufhin hat er mich bedrängt und in gewisser Weise auch erpresst. Aber um ihre Frage zu beantworten, ich weiß das, weil er im Grunde genommen keine Feinde hatte. Und da er die Schlaftabletten relativ großzügig konsumierte, liegt das relativ nahe, meiner Meinung nach. Haben Sie denn Zweifel daran?"

„Das darf ich Ihnen leider nicht verraten. Eine Frage hätte ich noch: Sie meinten, er hätte Sie erpresst. In welcher Weise meinen Sie genau?"

Meininger merkte, dass ihr diese Frage sehr unangenehm war.

„Er sagte, dass er alles Frau von Stein verrät, sollte ich mich weiterhin ihm verweigern."

„Und was haben Sie gemacht?"

„Ich habe dann nachgegeben und mich weiterhin mit ihm getroffen. Bis zu seinem Tod. Ich konnte meinen Job hier nicht riskieren. Ich habe immerhin auch meine Verpflichtungen und bin hier sehr zufrieden mit der Tätigkeit. So eine Arbeit findet man nicht so schnell wieder und ich habe davor wirklich lange gesucht."

„Meinen Sie wirklich, Frau von Stein hätte Sie entlassen, wenn sie von dem Verhältnis erfahren hätte?"

„Auf jeden Fall. Frau von Stein hat selbst sehr hohe moralische Ansprüche und versteht sich wunderbar mit Frau Paulsen. Dazu kommt, dass sie Herrn Paulsen nicht ausstehen konnte. Ich denke, sie hätte so nicht weiter mit mir zusammenarbeiten können."

Meininger hatte damit erst mal genug gehört, verabschiedete sich und fuhr erschöpft zurück zur Polizeistation, wo er noch einen Bericht verfassen musste. Am nächsten Tag würde er die anderen Nachbarn, Herrn und Frau Hametsberger, befragen. Eventuell würde er da noch mehr erfahren.

Bevor Inspektor Meininger an diesem Morgen zu Herrn und Frau Hametsberger aufbrechen wollte, erreichte ihn ein langersehnter Anruf, der endlich zumindest etwas Klarheit in die Sache bringen sollte – die Pathologieergebnisse waren nun da.

„Und was haben wir?", fragte Meininger den Gerichtsmediziner am Apparat. Die beiden kannten sich bereits sehr gut, hatten schon den einen oder anderen Fall gemeinsam gelöst.

„Also Herr Paulsen ist definitiv an einer Überdosis Tavor gestorben, das steht schon mal fest. Der Tod dürfte relativ schnell nach der Einnahme eingetreten sein, in etwa zwischen 4 und 5 Uhr morgens."

„Würde man so früh so eine Tablette nehmen?"

„Vielleicht, wenn man die ganze Nacht nicht geschlafen hat."

„Okay, gibt es sonst irgendwelche Auffälligkeiten?"

„Eigentlich würde alles auf Selbstmord hindeuten, wenn da nicht eine klitzekleine Sache wäre. Er hat am

20

rechten Arm zwei Einstichstellen, ich würde sagen von einer Injektionsnadel. Allerdings wurde in seinem Blut bis auf das Tavor keine weitere Substanz gefunden, die das erklären könnte. Es sei denn, er oder jemand hätte ihm Tavor gespritzt. Das würde wiederum die Überdosis erklären."

„Bekommt man denn die Injektion so einfach in der Apotheke?"

„Wenn dann nur auf Rezept, aber normalerweise werden die nur in einschlägigen Kliniken eingesetzt", führte der Rechtsmediziner aus.

Meininger notierte sich alles und legte dann auf. Er überlegte, wer Herrn Paulsen intravenös eine Überdosis Tavor verpasst haben könnte. Er konnte sich nur schwer vorstellen, dass er das selbst gemacht haben soll. Fest stand, wer auch immer das war, wollte es definitiv wie Selbstmord aussehen lassen.

Als er am nächsten Morgen zum Haus von Herrn und Frau Hametsberger fuhr, hatte die Hitzewelle endlich abgeklungen und ein sehr nasser Tag kündigte sich an. Die Wolken verdunkelten den Himmel und die ersten Regentropfen landeten auf der Windschutzscheibe. Er war nun gespannt darauf, was er bei dem Ehepaar in Erfahrung bringen konnte. Er klingelte dreimal an dem Hauseingang, ehe sich die Tür vorsichtig in Bewegung setzte und Herr Hametsberger zum Vorschein kam.

„Guten Tag, Herr Hametsberger, Polizeikommissariat Wunstorf, mein Name ist Inspektor Meininger.

Ich würde Sie gerne zum Tod Ihres Nachbarn, Herrn Paulsen, befragen."

„Er ist tot?", fragte Herr Hametsberger überrascht.

„Haben Sie noch nicht davon gehört? Er wurde am Freitagmorgen tot in seinem Badezimmer aufgefunden. Darf ich bitte hereinkommen?", fragte Meininger, während der Regen immer stärker wurde.

„Ja natürlich, ich bezweifle aber, dass ich Ihnen da noch groß weiterhelfen kann, aber ja, bitte kommen Sie herein. Meine Frau ist auch drinnen", sagte Herr Hametsberger und ließ Meininger hinein.

Das Haus wirkte deutlich weniger mondän als die Villa von Frau von Stein, sondern eher einfach und zweckmäßig eingerichtet. Es herrschte keine Wohlfühlatmosphäre, was durch die Apathie von Frau Hametsberger noch verstärkt wurde. Sie wirkte, als würde sie durch einen hindurchschauen. Meininger hatte schon öfter depressive Menschen beobachtet und genau so einen Eindruck hinterließ sie bei ihm.

„Herr und Frau Hametsberger, wie sie ja eben erfahren haben, ist Herr Paulsen vor ein paar Tagen unerwartet verstorben. Die Pathologieergebnisse sprechen dafür, dass er an einer Überdosis Tavor verstorben ist. Herr Hametsberger, soviel ich erfahren habe, arbeiten Sie in der Apotheke, hier in der Straße. Haben Sie ihm jemals eine Spritze Tavor verkauft?"

„Eigentlich dürfte ich nicht darüber reden, aber nein, wir haben gar keine Spritzen bei uns in der Apotheke lagernd. Wir können Sie allerdings auf Rezept bestellen. Aber um Ihre Frage zu beantworten, nein, er hat immer nur Tabletten geholt."

„Ich verstehe und wie standen Sie zum Herrn Paulsen?", fragte er das Ehepaar. Daraufhin stand Herr Hametsberger auf und winkte den Inspektor zu sich.

„Wenn ich ehrlich bin, würde ich das Gespräch lieber mit Ihnen vertraulich weiterführen. Meine Frau ist psychisch krank und ich möchte sie ungern weiter damit belasten. Wenn es also möglich wäre, dass wir uns getrennt von ihr unterhalten, wäre mir das nicht unrecht", sagte Herr Hametsberger überraschenderweise.

„Nein, das verstehe ich. Es könnte jedoch sein, dass ich nachher noch Ihre Frau separat befragen muss."

Sie gingen in ein Nebenzimmer und Herr Hametsberger fing an zu erzählen: „Ich werde Ihnen jetzt etwas sagen, was nur die Allerwenigsten wissen: Annette Zuckerhut ist in Wahrheit unsere Tochter. Wir mussten sie aufgrund der psychischen Erkrankung meiner Frau als Baby abgeben. Annette weiß noch nichts davon, denkt, dass ihre Eltern in ihrer frühen Kindheit verstorben wären. Wir sind daher vor ein paar Monaten hierhergezogen, um wenigstens in ihrer Nähe zu sein und es ihr eines Tages sagen zu können. Bisher gab es dafür noch keinen passenden Zeitpunkt. Jedenfalls haben wir uns mit Frau von Stein angefreundet und sie in alles eingeweiht. Sie hatte versprochen, nichts zu verraten, und soweit ich weiß, hat sie ihr

Versprechen bisher auch gehalten. Na ja, jedenfalls haben wir einmal ein Gespräch von Annette und Herrn König, dem Gärtner, am Gartenzaun mitbekommen, wo Annette weinend erzählt hat, dass sie ein Kind von diesem Paulsen erwartet. Unsere liebe Tochter und dieser ehebrüchige Typ. Das war ein Schock", erzählte Herr Hametsberger dem verblüfften Meininger.

„Das heißt, Sie hielten nicht viel von dem Liebhaber ihrer Tochter?"

„Absolut nicht. Ich hätte mir einen weit besseren Mann für sie gewünscht, aber es war nicht meine Entscheidung und ich musste sie akzeptieren, was ich auch tat. Ich weiß nicht, was mit dem Ungeborenen passiert ist, aber ich denke, sie hatte es eines Tages verloren."

„Ich danke Ihnen für Ihre Ehrlichkeit. Denken Sie, Ihre Frau hätte dem noch etwas hinzuzufügen?", hakte Meininger nach.

„Ich denke nicht. Sie kriegt leider nicht sehr viel mit. Die meiste Zeit des Tages sitzt sie nur apathisch herum und schaut aus dem Fenster."

„Ich denke, ich würde sie dennoch gerne kurz befragen", antwortete Meininger und erntete einen bösen Blick von Herrn Hametsberger.

„Wenn es unbedingt sein muss, dann hole ich sie jetzt", antwortete der ältere Herr und zog sich zurück.

Als Frau Hametsberger den dunklen Raum betrat, wirkte sie weggetreten. Meininger wollte dennoch versuchen, zumindest ein paar seiner Fragen zu stellen.

„Frau Hametsberger, ich hätte ein paar kurze Fragen zum Tod von Herrn Paulsen. Es dauert auch nicht allzu lange", leitete Meininger das Gespräch ein. Frau Hametsberger nickte nur kurz und schaute ihn erwartungsvoll an.

„Wissen Sie, dass ihre Tochter ein Verhältnis mit dem verstorbenen Herrn Paulsen hatte?"

„Ja, das ist mir nicht entgangen. Dieser Mann hat mein Kind missbraucht."

„Soweit würde ich vielleicht nicht unbedingt gehen. Soviel ich weiß, geschah alles im beidseitigen Einvernehmen."

„Einvernehmen? Bestimmt nicht zuletzt, wo er sie tyrannisiert hat. Und gezwungen, ihr Kind loszuwerden, sein eigenes Fleisch und Blut", sagte sie erzürnt. Meininger wunderte sich, wie viel Wut sie Herrn Paulsen entgegenbrachte und fragte weiter nach: „Woher wissen Sie, dass er sie gezwungen hat, die Schwangerschaft abzubrechen?"

„So etwas spürt eine Mutter einfach instinktiv."

Meininger wusste, dass dies keine verlässliche Aussage war, auf die er bauen konnte. Er entschied sich, seine Befragungsstrategie zu ändern.

„Andere Frage: Was halten Sie von Frau von Stein?"

„Sie ist eine sehr gutherzige Frau. Ich vertraue ihr mein Kind voll und ganz an. Sie ist tatsächlich auch die Einzige, die davon weiß, dass Annette unsere Tochter ist."

Meininger notierte sich alles und wollte das Gespräch noch auf einen anderen Aspekt lenken.

„Welche Medikamente nehmen Sie regelmäßig ein?"

„Ich nehme verschiedene, aber kein Tavor sowie Herr Paulsen."

„Und woher wissen Sie, dass Herr Paulsen Tavor genommen hat?"

„Das hat mir mein Mann erzählt, der ist ja Apotheker. Außerdem ist das nicht so ungewöhnlich bei hartnäckigen Schlafstörungen. Frau von Stein nimmt es auch", versuchte sie das Gespräch abzulenken.

Meininger hatte noch eine letzte Frage: „Was haben Sie am Morgen des Todes von Herrn Paulsen gemacht?"

Frau Hametsberger schaute ihn leicht entgeistert an und sagte: „Natürlich geschlafen. Was man so normal in der Zeit macht. Mein Mann kann das bezeugen."

Damit bedankte und verabschiedete sich Meininger. Er würde seine Gedanken nun zusammentragen und hoffentlich der Lösung einen Schritt näherkommen.

Er wachte am nächsten Morgen mit Kopfschmerzen auf. Seine Gedanken drehten sich um die Verdächtigen und er ging gedanklich alle noch mal durch: Da war zum einen eine wohlhabende ältere Dame, die dem Verstorbenen nicht gerade wohl gesonnen war und selbst obendrein Tavor, wenn auch in Tablettenform, zu sich nahm. Dann gab es da die Affäre von Herrn Paulsen, die anscheinend schwanger von ihm gewesen war und die Affäre kurzerhand beendet hat – in dieses Haus würde er noch mal fahren, denn da hatte er noch ein paar Fragen in dem Zusammenhang. Dann gab es da noch den Gärtner, den er jetzt erst mal nicht unter den Verdächtigen sehen würde, sowie er reagiert und was er erzählt hatte. Schließlich wäre da noch das Ehepaar Hametsberger, was auch eventuell ein Motiv hätte, aber ob das gleich reichen würde, um jemanden umzubringen, war mindestens fraglich.

Kurzerhand sprang er also in sein Auto und fuhr zu Frau von Stein. Als er in die Straße einbog, sah er die ältere Dame gerade aus der Apotheke hinausgehen. Plötzlich fiel ihr die Tasche aus der Hand und das Päckchen Tavor auf die Straße. Meininger hielt am Straßenrand und half ihr alles aufzusammeln, was ihr sichtlich unangenehm war. Als er das Tavor in die Hand nahm, rechtfertigte sie sich sofort: „Das brauche ich manchmal, um zu schlafen. Ich habe viel erlebt", und packte es schnell in ihre Tasche zurück. Als sie zu Hause ankamen, fragte Meininger: „Frau von Stein, ich hätte da auch noch ein paar Fragen an Sie und Frau Zuckerhut." Da rollte Frau von Stein mit den Augen und sagte nur: „Was denn jetzt noch? Ich dachte, wir wurden schon vernommen. Na gut, aber Sie müssen noch einen Moment warten. Ich muss noch kurz telefonieren."

Ein paar Momente später betrat sie erneut den Raum.

„Also gut, was möchten Sie noch wissen?"

„Ich wusste gar nicht, dass Sie Tavor nehmen. Das war ein wenig überraschend. Wissen Sie, dass Herr

Paulsen das gleiche Mittel nahm und dass die Überdosis davon zu seinem Tod geführt hat?"

„Im Detail habe ich das nicht gewusst. Ich wusste wie gesagt nur, dass er Schlafmittel nahm, aber nicht, welche genau."

Daraufhin wendete Meininger einen kleinen Trick an, um sie aus der Reserve zu locken.

„Haben Sie jemals gesehen, dass er Tavor Spritzen gekauft hat?"

„Nein, gesehen habe ich das nicht. Ich weiß auch nicht, von wem er die hatte", sagte sie und merkte sofort, dass sie einen Fehler gemacht hatte. Sie versuchte, sich herauszureden.

„Ich meine natürlich, ich weiß nicht, ob er überhaupt welche hatte. Das ist nur eine Vermutung."

Meininger traute ihren Ausführungen nicht mehr und fragte direkt: „Frau von Stein, kann es sein, dass Sie mehr wissen, als Sie hier zugeben und mich hier an der Nase herumführen? Sie wissen, die Wahrheit kommt so oder so ans Licht. Es ist entlastend, wenn Sie mir genau sagen, was Sie wissen."

„Es tut mir sehr leid, aber ich kann Ihnen wirklich nicht mehr sagen. Nur so viel, ich war es nicht. Das müssen Sie mir einfach glauben."

„Das ist sehr schwierig, bei der erdrückenden Beweislage. Frau von Stein, wo waren Sie zum Tatzeitpunkt?"

„Da habe ich natürlich noch geschlafen."

„Kann das jemand bezeugen?"

„Leider nein."

„Dann sieht es eher schlecht für Sie aus."

In dem Moment trat Annette Zuckerhut hinein.

„Frau Zuckerhut, was für eine Überraschung", sagte Meininger nun verunsichert, was jetzt auf ihn zukommen sollte. Frau von Stein warf ihr einen intensiven Blick zu.

„Ich habe zufällig gehört, dass Sie mich auch noch mal befragen wollen. Ich dachte, das wäre jetzt ein guter Zeitpunkt. Vielleicht kann ich auch noch etwas zur Lösung beitragen", sagte sie mit ruhiger Stimme und Frau von Stein schüttelte den Kopf.

Plötzlich sagte sie zu Frau Zuckerhut: „Annette nicht, es ist schon gut so."

„Nein, lass es mich bitte erzählen. Es ist wichtig", antwortete sie ihr.

„Was geht hier vor sich? Wieso sind die jetzt per du und so vertraulich?", wunderte sich Meininger.

Da fing Annette Zuckerhut an zu sprechen: „Was ich Ihnen jetzt erzähle, ist die Wahrheit."

„Annette bitte, mach das nicht", sagte Frau von Stein zu ihr und Frau Zuckerhut quittierte sie nur mit einem kurzen Blick.

„Ich war von Tim Paulsen im dritten Monat schwanger, als ich das Kind verlor. Er war nicht gerade begeistert von der Schwangerschaft, um nicht zu sagen schockiert, sodass ihm die Nachricht gelegen kam. Bis zu diesem Zeitpunkt habe ich wirklich gedacht, dass er mich liebt sowie ich ihn geliebt habe. Aber das war wohl nur ein Trugschluss."

„Und daraufhin haben Sie sich von ihm getrennt", warf Meininger ein.

„Richtig. Ich konnte das nicht mehr mit mir selbst vereinbaren, was passiert ist. Er wollte das Ende allerdings nicht akzeptieren und bedrängte mich weiterhin. Ich kam einfach nicht mehr aus der Sache heraus."

„Haben Sie sich jemandem mit dem Problem anvertraut?"

„Ich habe Rolf König, dem Gärtner, von der Schwangerschaft erzählt. Bis zu diesem Zeitpunkt dachte ich wirklich, wir sind Freunde. Aber er hat dann ein anderes Gesicht gezeigt."

„Was für ein Gesicht?"

„Na ja, er hat sich regelrecht von mir distanziert und mir die Verantwortung dafür in die Schuhe geschoben. Er hat sich klar auf Tims Seite geschlagen. Das war für mich ein echter Schock."

„Und sonst? Ich nehme an, Sie haben Frau von Stein eingeweiht?"

„Ich habe es nicht mehr ausgehalten und mich in einem schwachen Moment ihr anvertraut. Sie ist zu so etwas wie einer Ersatzmutter für mich geworden und ich habe es nicht mehr ausgehalten, ganz alleine mit dem Problem zu sein. Ich habe mich so verdammt einsam gefühlt", erzählte Frau Zuckerhut und begann zu weinen. Frau von Stein legte ihren Arm um sie herum.

„Alles gut, Frau Zuckerhut, ich kann Sie da verstehen. Sie haben nichts Falsches gemacht", versuchte

Meininger sie zu trösten und reichte ihr ein Taschentuch.

„Ich bin mir nicht sicher, ob ich nicht wirklich etwas Falsches gemacht habe", sagte sie und schaute ihn dabei direkt an.

„Wie meinen Sie das?", fragte Meininger erwartungsvoll.

„Ich habe Tim Paulsen umgebracht."

In dem Moment stürmte Frau Hametsberger in den Raum. Meininger wusste nicht, wie ihm geschah – die Ereignisse überschlugen sich.

Bis heute Morgen hatte er noch keine richtigen Tatverdächtigen definieren können und nun so etwas.

„Das stimmt nicht, was sie sagt."

„Mama, bitte hör auf, das stimmt."

„Mama? Was geht hier vor sich?", konnte Meininger gerade noch denken, ehe Frau Hametsberger weiter fortfuhr.

„Ich habe Herrn Paulsen umgebracht. Annette ist unschuldig. Sie können mich festnehmen."

„Moment mal, ich habe jetzt zwei potenzielle Täterinnen und was ist mit Frau von Stein?"

„Die hat damit wirklich nichts zu tun. Ich habe ihr im Nachhinein nur davon erzählt, daher wusste sie die Sache mit der Spritze. Aber ich konnte nicht ertragen, dass mein Kind mich auch noch deckt", führte Frau Hametsberger aus.

„Ich verstehe nicht, wie haben Sie die Tat vollbracht?"

„Durch meine Depressionen werde ich immer vorzeitig wach. Mein Mann schlief also noch tief und fest. Ich habe mich hinausgeschlichen, mir eine Spritze aus meinem Kühlschrank gepackt und bin zu Tim Paulsen gefahren. Ich wusste, dass seine Frau verreist war und er alleine war. Da sie das Haus nie absperrten, wenn jemand zu Hause war, konnte ich ganz entspannt hineingehen. Und als ich ihn dann im Badezimmer stehen sah, diesen miesen Menschen, da gab es für mich kein Halten mehr. Ich trat ein und rammte ihm die Spritze in den Oberarm, noch bevor er weiter darüber nachdenken konnte, was überhaupt geschah. Er war dann relativ schnell bewusstlos und ich spritzte zur Sicherheit noch mal nach, dass er auch wirklich nicht mehr aufwachte. Danach verließ ich den Raum und sperrte mit einem Schraubenzieher von außen ab, sodass es wie ein Selbstmord aussehen sollte. Nach allem, was er meinem Kind und seiner eigenen Familie angetan hat, war das nur die gerechte Strafe. So etwas durfte einfach nicht ungesühnt bleiben."

„Frau Hametsberger, dann haben wir ein Geständnis. Damit sind sie offiziell festgenommen", sagte Inspektor Meininger und führte sie in Handschellen ab.

„Manchmal liegen die Dinge ganz anders, als man denkt", dachte Inspektor Meininger nach, als er Wochen später am Strand von Kos entlangschlenderte. Er hatte schließlich doch noch ein gutes Last-Minute-Ferienangebot gefunden. Er dachte über den Fall nach und wie er wohl an Frau Hametsbergers Stelle gehandelt hätte. Gut, er hätte niemanden umgebracht, aber ein kleiner Teil seines Herzens konnte dieses menschliche Gefühl von Hass und Vergeltung nachvollziehen. Wie musste es sich nur anfühlen, wenn man mitbekam, dass das eigene Kind litt und ins Verderben raste, während man selber seelisch am Abgrund stand. Was hatte Frau Hametsberger noch zu verlieren, außer ihr eigenes Leben, das sie schon vor langer Zeit aufgegeben hatte. Wie ist es wirklich, wenn man nichts zu verlieren hat? Darüber dachte Meininger nach, während er sich in den Sand am Strand setzte und auf die Wellen hinausblickte.

Das Mordkomplott

Es war ein kalter, verregneter Novembermorgen in Hannover. Die Geschäftspartner hatten sich gerade zum Mittagessen verabredet, da klingelte plötzlich das Telefon von Frau Beurer. Sie las den Namen „Christian Bergmann" auf ihrem Display.

„Hallo Christian, was gibt's?"

„Hi Monika. Ich schaffe es nicht zum Mittagessen. Wir treffen uns nachher unten in der Lobby."

„Alles klar, dann bis später", antwortete sie und legte auf.

In dem Moment kamen ihre anderen beiden Kollegen auf sie zu. Sie hatten zu viert dieses Megaprojekt für die Firma an Land gezogen und genossen als Top-Manager einen herausragenden Ruf in der ganzen Stadt. Es handelte sich um ein ganz besonderes Bauprojekt, Quartier 2.0, dass jedoch auch Umweltschützer auf den Plan rief, müsste man dafür einen Teil der Eilenriede opfern. Diese ist so etwas wie Hannovers grüne Lunge, quasi ein Wald in der Stadt. Aber dieses Projekt war es wert. Es würde Tausende von Arbeitsplätzen und noch mehr dringend benötigten Wohnraum schaffen.

Die drei waren felsenfest davon überzeugt, nur Harry Plötter hatte zuletzt Zweifel geäußert.

„Und Harry, hast du immer noch Restzweifel, was das Quartier 2.0 anbelangt?", fragte Ben Heuer, einer der vier Geschäftsleute.

„Na ja, wir beseitigen damit immerhin mehrere Hektar Wald. Ich finde das in der heutigen Zeit bedenklich, wo doch alle von Umweltschutz reden. Ich weiß nicht, ob ich dem wirklich zustimmen kann."

Die beiden anderen warfen sich einen vielsagenden Blick zu und Monika Beurer sagte: „Ja, natürlich ist das ein Eingriff, aber du musst doch mal sehen, was uns das bringt."

„Ihr denkt auch nur ans Geld. Bedeutet euch die Natur denn gar nichts?"

Monika und Ben verdrehten die Augen. Fest stand, dass wenn Harry als erster Verhandlungspartner bei den Abschlussgesprächen nicht mitspielte, der ganze Deal zu platzen drohte. Sie hatten aber keine Idee mehr, wie sie ihn noch überzeugen sollten. Andererseits konnten sie nicht einfach aufgeben, denn dafür stand für die drei Verbliebenen zu viel auf dem Spiel.

Nach dem Mittagessen gingen die drei Kollegen in die Lobby der Firma, wo sie Christian Bergmann erwartete. Die vier begrüßten sich kurz und gingen gemeinsam zum Aufzug.

Sie stiegen ein und drückten die Taste fünfzehn, die sie direkt in die Chefetage bringen sollte.

Plötzlich war alles dunkel und still. Es gab einen Stromausfall.

Fünfzehn Minuten später war der Strom wieder da. Das Licht und die Aufzugskamera gingen erneut an und es bot sich ein ungewohntes Bild: Drei Menschen knieten über einer am Boden zusammengekauerten, offensichtlich bewusstlosen Person.

Als der Aufzug schließlich in der 15. Etage ankam, verständigte Monika Beurer sofort den Rettungswagen, der keine zehn Minuten später eintraf und nur noch den Tod von Harry Plötter feststellen konnte. Aufgrund der ungewohnten Todesumstände wurde die Polizei verständigt.

Inspektor Meininger betrat das Gebäude am späten Nachmittag. Seit seiner zeitweiligen Versetzung von Wunstorf nach Hannover nach seinem Sommerurlaub hatte er keinen interessanten Fall mehr gehabt. Seinen letzten richtigen Einsatz hatte er im Sommer in Steinhude.

„Jetzt wird es mal wieder interessant", dachte er, nachdem er den Aufzug betätigte und in die 15. Etage fuhr. Die Spurensicherung hatte bereits gute Arbeit geleistet und die drei Tatverdächtigen standen auch an der Seite. Er ging zu seinem Kollegen und fragte: „Alles klar, was haben wir hier?"

„Tja, alles etwas unklar. Vier Personen stiegen in den Aufzug, dann kam es für fünfzehn Minuten zu einem Stromausfall und als sie schließlich oben ankamen, lebten nur noch drei. Die Rettungsleute konnten nur noch den Tod von Harry Plötter feststellen."

„Und was sagen die drei Mitinsassen?"

„Die plädieren alle auf einen natürlichen Tod durch Herzversagen. Aber so wie der Verstorbene aussieht, sieht mir das eher weniger nach einem natürlichen Tod aus. Die Augen groß aufgerissen, der Mund weit offen, als hätte er in seinen letzten Sekunden intensiv nach Luft gerungen; aber wir werden die Pathologie-ergebnisse abwarten müssen."

„Okay, alles klar, danke. Sind das die drei Mitfahrer?", fragte Meininger und deutete auf die drei verbliebenen Manager.

Sein Kollege stimmte zu und Meininger ging zu ihnen rüber, um ein paar Fragen zu stellen.

„Hallo, mein Name ist Inspektor Meininger, Polizeikommissariat Wunstorf, äh Entschuldigung, ich meinte Hannover Mitte. Sie waren mit dem Verstorbenen, Harry Plötter, in einem Aufzug?"

Die drei nickten zustimmend.

„Ich würde Ihnen gerne ein paar Fragen im Zusammenhang mit dem plötzlichen Tod von Herrn Plötter, stellen."

Meininger war noch ein wenig neben der Spur. Er hatte es gestern beim Bowling richtig krachen lassen und das rächte sich nun.

„Was genau geschah im Aufzug in den fünfzehn Minuten des Stromausfalls? Können Sie mir den genauen Ablauf vom Einsteigen bis zum Aussteigen schildern?", fragte er die drei Kollegen.

Monika Beurer begann zu sprechen: „Nach dem Mittagessen trafen wir uns mit Christian Bergmann in der Lobby und gingen gemeinsam zum Fahrstuhl. Wir haben den Aufzugsknopf betätigt und stiegen ganz normal ein. Während der Fahrt stoppte der Aufzug plötzlich und das Licht ging aus. Plötzlich hatte Herr Plötter einen Herzanfall und fiel zu Boden. Da wir nichts sehen konnten, mussten wir uns auf unsere anderen Sinne verlassen. Wir hörten nur, wie er zu Boden ging. Danach kam der Strom zurück, das Licht ging wieder an und wir sahen, was passiert war. Dann kamen wir auch schon oben an und dann kam der Rettungswagen."

„Worüber haben Sie sich bis zu dem Vorfall im Aufzug unterhalten?"

„Wir haben nicht wirklich gesprochen, es sollte ja keine lange Fahrt werden und alle hingen ihren Gedanken nach."

„Hat Herr Plötter noch irgendwas gesagt, bevor er zusammengebrochen ist?"

„Nein, er hatte sich nur plötzlich mit einer Hand an seiner Brust festgehalten und den Rest wissen Sie ja schon."

„Ich dachte, Sie konnten nichts sehen und mussten sich auf Ihre anderen Sinne verlassen. Wie konnten Sie dann erkennen, dass er sich an seine Brust gefasst hat?"

Monika Beurer errötete, da ergriff plötzlich Ben Heuer das Wort und drehte sich zu Frau Beurer: „Monika, hast du vergessen, dass ich und Ben doch die Handylampen angemacht haben und wir das sehen konnten?"

„Ach ja stimmt. Tut mir leid, Herr Inspektor, ich hatte das vergessen; war alles etwas viel heute. Ja natürlich, Christian und Ben holten beide ihr Handy raus, von meinem war leider der Akku leer gegangen. Dadurch konnten wir schon vorher erkennen, was passiert war", rechtfertigte sich Monika Beurer.

38

„Wie viel Zeit verging zwischen dem Stromausfall und dem Moment, wo sie ihr Handy herausholten und den sterbenden Harry Plötter sahen?", bohrte Meininger nach.

„Das ging alles relativ schnell. Ich würde sagen, wir holten die Handys nach etwa ein bis zwei Minuten heraus und dann passierte das auch mit dem Herzanfall. Die restliche Zeit verbrachten wir mit Reanimation."

„Wieso gehen Sie eigentlich von einem Herzinfarkt aus?"

„Weil er sich an der Brust festhielt. Wir sind da keine Fachleute, aber es erweckte so den Anschein", sagte Frau Beurer.

Er bedankte sich einstweilen bei den dreien, händigte ihnen seine Visitenkarte aus und verließ das Gebäude.

Zu Hause dachte er über den Fall nach. Er würde gleich morgen früh bei der Gerichtsmedizin anrufen. Vielleicht konnten sie erste Aussagen treffen.

Am nächsten Morgen galt sein erster Anruf der Pathologie. Er wollte wissen, ob es möglicherweise schon Neuigkeiten gab.

„Wir hatten ein Zeitfenster und konnten Herrn Plötter bereits einer Erstuntersuchung unterziehen. Alles deutet darauf hin, dass Herr Plötter vergiftet wurde. Wir müssen die Ergebnisse der toxikologischen Untersuchung abwarten, um genau zu sagen, um welches Gift es sich handelt. Wenn Sie mich fragen, würde ich aber auf Blausäure, Zyanid, tippen."

Meininger bedankte sich und legte auf. Dann war es also doch Mord und jeder der drei damit tatverdächtig. Er würde sie auf jeden Fall noch mal getrennt voneinander befragen, denn sein Instinkt sagte ihm, dass hier irgendetwas faul war. Er beschloss, als Erstes zur Adresse von Frau Monika Beurer zu fahren. Immerhin hatte sie sich zuletzt bei der Aussage in leichte Widersprüche verstrickt. Vielleicht konnte er da ansetzen und mehr herausbekommen.

„Herr Inspektor, was für eine Überraschung. Wie kann ich Ihnen weiterhelfen?", sagte Monika Beurer überrascht, als sie die Tür öffnete.

„Ich würde mich gerne noch mal mit Ihnen alleine zu dem Mordfall unterhalten. Darf ich hereinkommen?"

Monika Beurer wirkte verunsichert, ließ ihn aber widerstandslos hinein.

Meininger begann auch gleich mit seinem Verhör:

„Ersten Untersuchungen zufolge wurde Herr Plötter wohl vergiftet. Was haben Sie gemacht, bevor Sie gemeinsam zum Fahrstuhl gegangen sind?"

„Wir waren gemeinsam Mittagessen. Also um genau zu sein alle außer Christian Bergmann. Der kam erst später in der Lobby dazu."

„Wo genau waren Sie Mittagessen?"

„In unserer betriebseigenen Kantine. Meinen Sie, mit dem Essen war etwas nicht in Ordnung?"

„Das ist an dieser Stelle schwer zu sagen. Das ist jedenfalls Gegenstand der Ermittlungen. Haben Sie sonst noch irgendwas gemacht zwischen dem Mittagessen und der Fahrt mit dem Fahrstuhl?"

„Nein, sonst nichts."

Meininger hatte das Gefühl, im Dunkeln zu tappen. Was ist nur mit Herrn Plötter passiert? Wann wurde ihm das Gift verabreicht? Er spürte, dass er nicht wirklich weiterkam und verabschiedete sich von Frau Beurer.

Als Nächstes würde er in die Lobby der Firma fahren. Vielleicht konnte er dort noch irgendwas in Erfahrung bringen.

Als er die Lobby des imposanten Gebäudes betrat, sah er eine kleine Bar und wollte sich einen Kaffee bestellen. Vielleicht hatte der Barkeeper an dem Tag noch irgendwas beobachten können.

„Sie schauen so erwartungsvoll. Was darf ich für Sie tun?", fragte der Mann hinter der Theke.

„Einen Kaffee bitte. Mein Name ist Inspektor Meininger, ich ermittle in dem Mordfall vor ein paar Tagen. Ist Ihnen an diesem Tag vielleicht irgendwas Ungewöhnliches aufgefallen?"

„Ich würde nicht unbedingt sagen, dass es sehr ungewöhnlich war, weil sie das regelmäßig taten. Aber Harry Plötter und seine Arbeitskollegen genehmigten sich noch einen kleinen Drink, bevor sie zum Fahrstuhl gingen."

Meininger wurde hellhörig und hakte nach: „Das ist ja interessant. Das hat Frau Beurer gar nicht erwähnt. Verließ Herr Plötter zu irgendeinem Zeitpunkt den Raum, vielleicht um auf Toilette zu gehen? Ich möchte wissen, ob Sie mir sagen können, ob sein Getränk zu irgendeinem Zeitpunkt unbeaufsichtigt war?"

„Ich meine er ist kurz mal zur Rezeption gegangen, um etwas zu fragen, aber um ehrlich zu sein, kann ich mich da auch nicht mehr genau erinnern. Ich habe da nicht wirklich drauf geachtet", sagte der Barkeeper enttäuscht.

„Alles klar, ich danke Ihnen trotzdem. Hier ist meine Visitenkarte, falls Ihnen doch noch irgendetwas einfällt."

Der Barkeeper steckte die Visitenkarte ein und Meininger ging zum Fahrstuhl. Er wollte sich die Konstruktion genauer ansehen und auch die Kamera. Da sprach ihn der Hausmeister von der Seite an: „Kann ich Ihnen weiterhelfen?"

„Ja, vielen Dank, Inspektor Meininger. Ich wollte mich nur ein wenig im Fahrstuhl umsehen. Vielleicht wurde irgendwas übersehen. Kommen solche Stromausfälle hier öfter vor?", wollte er vom Hausmeister in Erfahrung bringen.

„Nein, eigentlich nicht. Das war schon ungewöhnlich, würde ich sagen", sagte dieser. Im nächsten Moment kam der Barkeeper angelaufen und rief: „Herr Inspektor, mir ist doch noch etwas im Zusammenhang mit der Sache aufgefallen." Meininger wurde ganz hellhörig.

„Normalerweise verstanden sich die vier immer sehr gut, doch an diesem Tag gab es Streitigkeiten. Ich weiß nicht genau, worum es ging, aber es war klar, dass die drei anderen eine komplett andere Meinung als Harry Plötter vertraten."

Meininger bedankte sich für die wertvolle Information und wollte als Nächstes zu Ben Heuer fahren.

Als er am Haus von Herrn Heuer ankam, schien es verlassen zu sein. Selbst das Namensschild an der Türklingel hatte jemand vor Kurzem abgemacht, wie die schattigen Ränder anmuteten. Er klingelte dennoch und zu seiner Überraschung ging die Tür einen Spalt breit auf. Als er Meininger erblickte, öffnete er diese ganz und ließ ihn hinein. Das Haus wirkte relativ leergeräumt.

„Ziehen Sie um?", fragte Meininger, als er die vielen Kisten an der Wand stehen sah.

Ben Heuer nickte zustimmend und sagte: „Ich bin hier in der Ecke aufgewachsen, aber es ist nun an der Zeit, die Zelte abzureißen und in eine etwas bessere Gegend zu ziehen."

„Herr Heuer, wie war Ihr Verhältnis zu Herrn Plötter?"

„Harry war mehr als nur ein Arbeitskollege. Wir gingen öfter nach der Arbeit noch etwas trinken und machten einen drauf, aber die letzten Monate hatte er sich wirklich verändert."

„Inwiefern?"

„Er wurde immer linker und ich würde sagen ‚grüner', wenn Sie verstehen, was ich meine. Er stand uns zuletzt nur noch im Weg mit seinen komischen Ansichten."

„Können Sie mir da ein Beispiel nennen?"

„Wir hatten dieses Megaprojekt an Land gezogen und er entzog uns einfach seine dringend benötigte Zustimmung."

„Dachten Sie manchmal daran, dass sie alle besser ohne ihn dran wären?"

„Um ehrlich zu sein, wurde es schon etwas extrem, die letzten Monate, aber ich finde es trotzdem tragisch, wie es geendet hat. So etwas wünscht man natürlich keinem."

„Haben Sie eine Idee, woran Harry Plötter gestorben sein könnte?"

„Nein, tut mir leid, da bin ich überfragt. Ich bin kein Mediziner. Aber so wie es aussah, hätte es auch ein Herzinfarkt sein können."

„Warum denken Sie das?"

„Na ja, weil er sich so an die Brust gefasst hatte, wie Monika ja bereits erzählt hat."

Meininger notierte sich alles und wollte noch den letzten im Bunde, Herrn Christian Bergmann befragen, bevor er sich eine Meinung in dem Fall bilden konnte. Da klingelte plötzlich sein Telefon. Die Ergebnisse der toxikologischen Untersuchung waren nun da. Harry Plötter ist an einer Zyanid-Vergiftung gestorben. Das Gift wurde ihm relativ kurz vor seinem Tod verabreicht. Damit standen für ihn die Verdächtigen fest. Es musste einer der drei sein – oder konnte es sich womöglich um einen Komplott handeln? Um das festzustellen, musste er noch den letzten im Bunde befragen.

Am Nachmittag fuhr er zur Adresse von Herrn Bergmann, der deutlich mondäner als die beiden anderen
wohnte. Er betätigte die feine Klingel und hörte ein
Hundegebell hinter der Pforte. Plötzlich verstummte
der Hund und eine Frau öffnete die Tür. Er stellte sich
vor und sie rief ihren Mann.

„Herr Inspektor, ich kann mir denken, was Sie zu mir
führt. Was kann ich für Sie tun?"

Meininger sagte, dass er noch ein paar Fragen im Zusammenhang mit dem Tod von Herrn Plötter hätte
und sie nahmen in einer Art Gästezimmer Platz, wo
sie ungestört reden konnten.

„Wie standen Sie zu Herrn Plötter?", fragte Meininger.

„Ich bin da der gleichen Meinung wie meine anderen
beiden Kollegen, die Sie schon befragt haben. Harry
war mir etwas zu grün hinter den Ohren und hatte
dafür eine viel zu große Klappe."

Meininger wunderte sich etwas, dass er so gut über
die Befragung der anderen beiden informiert war,
fuhr aber unbeirrt fort:

„Wissen Sie, ob Harry Plötter irgendwelche Drogen
konsumiert hat?"

„Drogen? Wurde das in seinem Blut gefunden? Das
würde mich jedenfalls nicht wundern."

„Warum nicht?", wollte Meininger wissen.

„Na ja, er wurde ja immer linker und radikaler, trieb
sich zuletzt in nicht gerade für ihre Jugendfreiheit be
kannten Vierteln herum. Da könnte es durchaus sein,
dass sein Herz das nicht mehr verkraftet hat."

„Wieso sind Sie alle eigentlich so überzeugt davon, dass Herr Plötter an einem Herzinfarkt gestorben ist?"

„Ich dachte, weil er sich an der Brust festgehalten hat."

An der Stelle wandte Meininger einen Trick an, denn er wollte den Verdächtigen auf diese Weise aus der Reserve locken.

„Sie dachten das? Und was haben Sie wirklich gesehen? Sie wissen, dass Falschaussagen zu einer höheren Strafe führen."

„Ich habe doch nichts getan. Wieso verdächtigen Sie mich jetzt hier? Harry Plötter ist eines natürlichen Todes gestorben", rief Herr Bergmann ganz aufgebracht.

„Und das ist er eben nicht. Im Blut von Herrn Plötter wurde eine Überdosis Gift gefunden. Eine Überdosis, die ihm kurz vor seinem Tod verabreicht wurde. Sie drei waren als Letzte mit ihm zusammen, wie können Sie mir das erklären?"

„Ich weiß es einfach nicht. Ich bin auf jeden Fall nicht schuldig", beharrte Herr Bergmann.

„Die Wahrheit wird an Licht kommen, darauf können Sie sich verlassen", sagte Meininger aufgebracht und verließ das Haus.

Irgendetwas war faul an der ganzen Geschichte. Alle drei Aussagen wirkten für ihn wie abgesprochen. Wer war dieser Harry Plötter? Er musste sich ein Bild von dem Verstorbenen machen und fuhr zu seinem

46

Haus. Er klingelte und wollte bereits gehen, als die Tür plötzlich aufging und eine junge Frau hervortrat.

„Ja bitte?", sagte sie mit schüchterner Stimme.

Die junge Frau stellte sich als die Schwester von Herrn Plötter vor und bat den Polizisten herein.

„Harry war ein guter Mensch. Er hat immer versucht, das Richtige zu tun", sagte sie schluchzend.

„Es tut mir sehr leid. Ich muss Ihnen jetzt leider ein paar Fragen stellen", führte er aus und die junge Frau stimmte zu.

„Wissen Sie, ob Harry Plötter jemals Drogen genommen hat?"

Sie sah ihn ganz entgeistert an.

„Natürlich nicht! Mein Bruder war ein rechtschaffener Mensch. So etwas würde er nie tun."

„Herr Christian Bergmann meinte, dass er sich zuletzt in dubiosen Viertel herumtrieb."

„So ein Quatsch. Diese Geschäftspartner sind wirklich das Allerletzte. Sie sind für Harrys Tod verantwortlich."

„Was macht sie das so sicher?"

„Sie haben ihn psychisch unter Druck gesetzt, dass er unbedingt diesem tollen Projekt zustimmen sollte und als er sich dagegenstemmte, drohten sie ihm mit Vergeltung. Für ihr Projekt würden die über Leichen gehen und genau das haben sie am Ende auch getan", sagte sie und begann erneut zu weinen.

„Frau Plötter, Ihr Bruder wurde vergiftet. Es war Blausäure, auch Zyanid genannt. Wissen Sie, ob einer der drei eventuell dazu Zugang hatte?"

„Zyanid? Das ist furchtbar! Ich weiß nicht, welche Berufsgruppen haben denn Zugang dazu?", hakte sie nach.

„Nun ja, Apotheker zum Beispiel oder Ärzte unter Umständen. Können Sie da eventuell einen Zusammenhang herstellen?"

„Nein, ich weiß nicht … Moment mal, ich glaube, die Frau von Herrn Bergmann ist Apothekerin, ich bin mir allerdings nicht sicher."

Sollte die Frau von Herrn Bergmann nun auch involviert sein? Der Fall nahm immer merkwürdigere Züge an. Meininger verabschiedete sich an der Stelle von Frau Plötter und fuhr noch mal zum Haus von Herrn Bergmann.

Als er ankam, stand merkwürdigerweise die Tür offen. Meininger trat ein: „Hallo, Herr Bergmann? Inspektor Meininger hier noch mal. Wir müssen uns noch mal unterhalten."

Doch er bekam keine Antwort. Es war keiner da. „Komisch, dass die Tür offensteht, aber, wenn ich schon mal hier bin, schaue ich mich mal um", dachte er und ging durchs Haus. Als er im Badezimmer ankam, entdeckte er ein Fläschchen mit einer verdächtigen Flüssigkeit im Badezimmerschrank. „Das gibt's doch nicht", dachte er und steckte das Fläschchen in seine Hosentasche. In dem Moment stand Frau Bergmann hinter ihm in der Badezimmertür.

„Herr Inspektor, was machen Sie denn da?", fragte sie erzürnt.

Meininger dreht sich blitzschnell um und sagte verlegen:

„Oh, es tut mir leid, ich bin gerade vorbeigefahren und hab die offene Haustür gesehen, da dachte ich, ich schaue mal nach, ob alles in Ordnung ist."

„Alles in Ordnung, wir waren nur kurz im Garten und sind durch die Vordertür herausgegangen", antwortete die Frau.

„Kann ich Ihnen sonst noch irgendwie weiterhelfen?", fragte sie in Erwartung, dass er bald gehen würde.

„Nein, vielen Dank, ich mache mich dann mal auf den Weg", antwortete Meininger, setzte sich ins Auto und atmete erst mal tief durch. „Das war ganz schön knapp", dachte er und fuhr mit dem Fläschchen ins Labor zu seinem guten Freund, Steffen Jansen, der Chemiker war. Er musste zwar bis nach Wunstorf fahren, dafür würde er gleich erfahren, worum es sich dabei genau handelte. Jansen empfing ihn mit einem Lächeln an der Tür.

„Es handelt sich dabei zweifelsohne um Blausäure", sagte er nach der ersten Begutachtung.

„Hab ich es mir doch gedacht", fühlte sich Meininger bestätigt.

„Wo hast du das her?"

„Das habe ich im Badezimmerschrank von Frau Bergmann, der Ehefrau des Tatverdächtigen, gefunden. Sie ist Apothekerin. Gibt es dafür irgendeinen Einsatzzweck, abgesehen davon, jemanden umzubringen?", fragte er leicht zynisch.

„Es findet Verwendung in der chemischen Industrie bei der Kunststoffproduktion. Es ist aber auch ein hochpotentes Gift, das je nach Dosis zum schnellen Tod führt", erklärte Jansen.

Meininger bedankte sich bei seinem Freund und fuhr zurück zur Polizeistation nach Hannover Mitte, wo er über das weitere Vorgehen nachdachte.

Der Zwischenstand war einigermaßen vielversprechend: Er hatte drei Tatverdächtige, die mit dem Opfer uneinig waren. Alle drei hatten augenscheinlich das gleiche Tatmotiv und alle drei machten mehr oder weniger dieselben Aussagen. Bei einem der Verdächtigen wurde im Badezimmerschrank das Gift gefunden, das zum Tod von Herrn Plötter geführt hat. Für Meininger stand fest, dass es sich um ein Mordkomplott handeln musste und alle drei in den Mordfall involviert waren. Sein Plan war zuerst noch mal Herrn Bergmann zu befragen und ihn mit der Flasche Blausäure zu konfrontieren.

Als Meininger am Haus von Herrn Bergmann ankam, erblickte er seine Frau im Vorgarten bei der Gartenarbeit.

„Hallo Frau Bergmann, ich müsste noch mal kurz mit ihrem Mann sprechen, ist er da?"

„Ja, er ist drinnen. Muss das denn wirklich noch mal sein?", fragte Frau Bergmann leicht irritiert.

„Ja, wir haben neue Erkenntnisse. Es muss leider sein", sagte er und betrat das Haus. Plötzlich stand Herr Bergmann vor ihm.

„Herr Inspektor, was darf ich noch für Sie tun?",
fragte er den Polizisten und grinste. Das Grinsen ge-
fiel Meininger gar nicht, fühlte er sich doch damit
nicht ernst genommen.

„Wir werden sehen, wer als letzter lacht", dachte er
und fing mit seiner Befragung an.

„Herr Bergmann, Harry Plötter ist an einer Blausäure-
Vergiftung gestorben. Das hat die toxikologische Un-
tersuchung ergeben. Können Sie mir sagen, wie das
Gift in seinen Körper gelangt ist?"

„Tut mir leid, ich habe keine Ahnung", antwortete er
scheinbar nichts ahnend.

„Und wie kam das Fläschchen Blausäure dann in Ihren Badezimmerschrank?", fragte er und zog das Gift
aus der Tasche.

„Meine Frau ist Apothekerin, da müssen Sie sie fragen. Womöglich brauchte sie das für Ihre Forschun-
gen", log er ihm ins Gesicht.

„Dann ist sehr interessant, dass ausgerechnet Ihre
Fingerabdrücke darauf identifiziert werden konnten", trickste Meininger in der Hoffnung auf ein Geständnis.

Tatsächlich hatte er das Fläschchen nicht darauf un-
tersuchen lassen, wusste aber, dass an dem Tag des
Mordes Fingerabdrücke von allen Tatverdächtigen
entnommen wurden.

„Ich frage Sie daher noch mal, wozu haben Sie eine
Flasche Blausäure im Haus? Und woher haben Sie
diese?"

Er merkte, dass er Herrn Bergmann nun an einer nicht vorbereiteten Stelle getroffen hatte, denn er begann sich in seinem Stuhl herumzuwinden und wippte nervös mit einem Fuß. Jetzt hatte ihn Meininger, wo er ihn haben wollte.

„Ja verdammt, ich habe das Fläschchen schon mal gesehen und auch angefasst. Es stammt aus der Apotheke meiner Frau, wo ich es heimlich mitgenommen habe, nachdem ich sie nach Feierabend abgeholt hatte. Sie hatte mir früher schon mal alles gezeigt und ich wusste, wo es war. Aber ich habe damit nicht den Harry ermordet", versuchte er sich herauszuwinden.

„Wer war es dann? Wer war es, Herr Bergmann? Wenn Sie jetzt aussagen, wirkt das strafmildernd. Ansonsten muss ich sie aufgrund der aktuellen Beweislage vorläufig festnehmen", versuchte ihn Meininger unter Druck zu setzen.

Herr Bergmann blickte Meininger tief in die Augen und fuhr fort: „Es ist nicht so, wie Sie vielleicht denken."

„Wie ist es dann? Erzählen Sie es mir. Was ist an dem Tag genau passiert?"

Er spürte, wie die eiserne Schweigemauer um Herrn Bergmann zu bröckeln begann. Er fing an, zu erzählen: „Monika hatte die Idee. Sie wusste, dass meine Frau Apothekerin war und hat mich dazu gezwungen, das Zeug zu besorgen. Sie hatte irgendwo davon gelesen, dass es zu einem schnellen Tod führt."

„Und weiter?", fragte Meininger erwartungsvoll.

„Na ja, Monika und Ben waren beim Essen, ich hatte es an dem Tag nicht mehr geschafft und so trafen wir uns in der Lobby. Ich hatte die Blausäure mitgebracht und Monika übergeben, ihr allerdings verdeutlicht, dass ich da nicht mitmachen möchte. Sie hat mich allerdings erpresst, dass ich andernfalls meine Position verlieren würde. Sie hatte da ein paar Sachen gegen mich in der Hand, andere Geschichte. Jedenfalls kam ich da auch nicht mehr aus der Nummer raus. Ich gab ihr also das Fläschchen und während wir Harry zur Rezeption schickten, um etwas in Erfahrung zu bringen, kippte Ben ein klein wenig von dem Gift in sein Getränk. Es waren wirklich nur ein paar Tropfen. Danach gingen wir zum Aufzug und dann fiel der Strom aus. Den Rest der Geschichte kennen Sie ja bereits."

„Wissen Sie, wie es zu dem Stromausfall kam?"

„Monika Beurer hat den Hausmeister bestochen, den FI-Schalter im Keller zu kippen. Daraufhin fiel der Strom im gesamten Gebäude aus. Als die Zeit um war, sollte er den Strom wieder anmachen, was er auch tat."

„Danke für Ihre Ehrlichkeit. Sie haben damit einen großen Schritt in die richtige Richtung getan. Ich muss Sie leider dennoch an dieser Stelle vorläufig wegen Beihilfe festnehmen."

Herr Bergmann stieg mit Meininger widerstandslos ins Polizeiauto und sie fuhren aufs Polizeikommissariat.

Am nächsten Tag beschloss Meininger Frau Beurer und Herrn Heuer gemeinsam zu überführen. Er fuhr in ihr Büro, doch sie waren an diesem Tag nicht erschienen. Gut möglich, dass sie Herr Bergmann bereits informiert und gewarnt hatte. Er nahm also einen Kollegen mit und sie fuhren gemeinsam zur Wohnung von Frau Beurer. Sie klingelten, doch niemand öffnete die Tür. Schließlich verschafften sie sich eigenmächtig Zugang und fanden die Wohnung leer vor. Entweder das war jetzt ein riesengroßer Zufall, woran er nicht wirklich glaubte, oder sie waren bereits auf der Flucht.

Als Nächstes fuhren sie gemeinsam zum Haus von Herrn Heuer. Hoffentlich war er noch nicht umgezogen. Als sie ankamen, war er gerade dabei, Umzugskartons in einen großen Lieferwagen zu verstauen. Sobald er die beiden Polizisten erblickte, ließ er alles fallen und rannte los. Meininger und sein Kollege rannten hinterher, doch sie brauchten Verstärkung. Plötzlich kam Monika Beurer um die Ecke gerannt und sie flohen zusammen. Meininger funkte sofort nach Verstärkung. Die Täter waren auf der Flucht.

Schließlich wurden sie in einem Einkaufszentrum gefasst und festgenommen. Als Meininger ganz außer Atem bei den beiden ankam, sagte Monika Beurer: „Dieser miese Bergmann hat uns verraten."

„Das können Sie gerne dem Richter erzählen", sagte Meininger zufrieden und weiter, „Sie sind somit beide festgenommen wegen Mordes. Sie haben das Recht, zu schweigen."

Die beiden protestierten, doch Meininger hörte gar nicht mehr richtig zu, während sie in Handschellen abtransportiert wurden.

„Das war doch mal ein Fall ganz nach meinem Geschmack", dachte sich Inspektor Meininger und nippte an seinem Feierabendbier. Die menschliche Psyche ist schon erstaunlich. Wie viel kriminelle Energie brauchte man, um sich zu einem Mordkomplott verleiten zu lassen? Während er über diese Frage nachdachte, setzte sich eine junge, durchaus attraktive Frau an seine Seite.

Meininger musterte sie von der Seite und wollte sein Glück einfach mal versuchen:

„Guten Abend darf ich Sie auf ein Getränk einladen?"

Tod auf dem Berghang

Inspektor Meininger verbrachte mit seiner neuen Freundin, Jenny Gabler, Anfang Januar einen Winterurlaub im Skigebiet Arber in Bayern.

Sie waren bereits drei Tage hier und sollten noch sieben Tage bleiben. Meininger war gerade auf dem Balkon, um den schönen Ausblick zu genießen, da rief Jenny plötzlich aus dem Hotelzimmer: „Tom, du wirst nicht glauben, was ich hier gerade lese."

„Worum geht es denn?", fragte er interessiert nach.

„Erinnerst du dich noch an den netten Mann und seine Frau, mit denen wir uns vorgestern übers Skifahren unterhalten haben? Der mit den kurzen dunklen Haaren, der meinte, er könne so gut Ski fahren."

„Ja, ich erinnere mich. Was ist mit dem?"

„Der wurde gestern in der Früh tot auf dem Berghang, neben der Piste, aufgefunden."

„Echt? Gib mir mal die Zeitung", sagte Meininger und entzog ihr diese kurzerhand.

„Tatsächlich. Das war bestimmt kein natürlicher Tod. Wieso sollte jemand, der so gut Ski fährt, plötzlich tot neben der Piste liegen?", fragte er seine Freundin und seine Augen bekamen dieses Funkeln, wie immer, wenn er einen Fall witterte.

„Nein, du bist im Urlaub. Das überlässt du bitte der örtlichen Polizei. Du hast schon genug zu Hause zu tun. Wir sind hier, um zu entspannen. Außerdem, wer weiß, vielleicht konnte er nicht so gut Ski fahren, wie er vorgegeben hat, oder es ist jemand in ihn hineingefahren. Da gibt es viele Möglichkeiten."

„Ist schon okay, ich dachte ja nur, weil wir die beiden vor Kurzem kennengelernt und uns eigentlich ganz gut verstanden haben. Es würde mich ja schon brennend interessieren, was da dahintersteckt."

„Wieso, hast du etwa Zweifel, dass die lokale Polizei den Fall ohne deine grandiose Hilfe lösen kann?", fragte sie leicht ironisch.

„Na ja, ich weiß ja nicht, wie die Polizei hier vorgeht. Eventuell können sie meine Hilfe wirklich gebrauchen", schaute er seine Freundin dabei flehend an.

„Also schön, tu, was du nicht lassen kannst, aber dann beantrage wenigstens offiziell Amtshilfe. Ich möchte nicht, dass du hier verdeckt Sherlock Holmes spielst."

„Ich schaue mal", antwortete Meininger und ging ins Bad, um sich für den Tag fertigzumachen. Es würde wieder spannend werden.

Meininger wollte in dem Fall seine eigenen Beweise sammeln und nahm sich vor, als Erstes die Frau des Toten zu befragen. Vielleicht würde er da was in Erfahrung bringen können. Es war schon schlimm genug, dass so viel Zeit verstrichen ist. Hoffentlich waren die Spuren noch nicht verwischt.

Als er ins Foyer des Hotels trat, sah er die Ehefrau des Verstorbenen im Kaminsessel sitzen und eine Tasse Tee trinken. Er dachte, er würde sich einfach mal freundlich dazugesellen, immerhin war noch ein Stuhl daneben frei und der Kamin nicht exklusiv.

„Hallo, wie geht es Ihnen?", sprach er sie von der Seite an.

„Ich weiß es nicht, um ehrlich zu sein. Ich weiß nicht mehr, was ich glauben soll."

„Wie meinen Sie das?", hakte Meininger nach.

„Sie haben bestimmt schon von dem Tod meines geliebten Mannes gehört. Vor zwei Tagen war er noch hier. Ich kann das alles einfach nicht glauben; vor allem, dass er eines natürlichen Todes gestorben sein soll."

„Mein Beileid. Darf ich fragen, was Sie daran zweifeln lässt?"

„Mein Mann wurde gestern früh tot neben der Piste aufgefunden und das, obwohl er ein exzellenter Skifahrer war. Er rief mich noch von oben in der Hütte an, dass er noch einen Tee trinken würde und dann herunterfahren wollte. Ich hätte nie gedacht, dass das unser letztes Gespräch sein würde. Ich glaube jedenfalls nicht, dass er einfach so gestorben ist. Wissen Sie, er wies laut erster Begutachtung der Gerichtsmediziner keinerlei Prellungen oder Verletzungen auf. Warum sollte er sich einfach neben die Piste legen und auf den Erfrierungstod warten? Das ergibt überhaupt keinen Sinn."

„Sie haben recht, das mutet in der Tat zumindest sehr ungewöhnlich an. Ich habe Ihnen noch gar nicht erzählt, dass ich auch Polizist bin, Inspektor Meininger."

„Sehr erfreut. Ich hatte mich auch vergessen vorzustellen. Mein Name ist Violetta Klingstein und mein

58

Mann hieß Anton Klingstein. Vielleicht können Sie irgendwas herausfinden. Es muss irgendwas in dieser Hütte vorgefallen sein, das sagt mir mein Instinkt."

„Ich kann mich ja mal unverbindlich umhören. Ich bin ja eigentlich im Urlaub, aber ich möchte Ihnen dennoch meine Visitenkarte geben, falls Sie noch reden möchten oder Anmerkungen haben."

Frau Klingstein bedankte sich und verließ den Raum.

Am nächsten Tag sollte es rauf auf den Berg gehen. Meininger war kein sonderlich guter Skifahrer, aber er hatte den Urlaub seiner Freundin zuliebe gebucht, die sich schon immer einen richtigen Winterurlaub gewünscht hatte. Doch heute wollte er es ernsthaft versuchen. Sie nahmen die Bergbahn, die ihm durchaus suspekt war und als sie oben ankamen, setzte er seinen Helm auf. Er hatte sich vorgenommen, mit Jenny genau zu der Skihütte zu fahren, in der Herr Klingstein zuletzt gesehen worden war. Jenny durfte lediglich nichts davon erfahren, sonst würde sie ihm nur wieder Vorwürfe machen, dass er die Arbeit nicht ruhen lassen könne.

Als sie schließlich an der Hütte ankamen, bestellten sie sich erst mal was zu trinken. Jenny konnte deutlich besser Skifahren als er, so viel stand fest. Bevor sie was zu essen bestellten, wollte sich Meininger einmal in der Hütte umsehen und beschloss, auf Toilette zu gehen. So weit war alles relativ unauffällig. Er ging danach an die Theke und fragte, ob der Chef des Hauses vielleicht zu sprechen wäre. Die Mitarbeiter meinten aber, dass er heute außer Haus wäre und erst morgen Nachmittag wiederkäme. Meininger bedankte sich und beschloss, morgen auf jeden Fall wiederzukommen. Irgendwie würde er das mit Jenny auch noch hinkriegen.

Nach dem Essen bezahlten sie und fuhren runter ins Tal. Plötzlich klingelte sein Telefon. Auf dem Display stand eine unbekannte Nummer. Als er ranging, hörte er die aufgebrachte Stimme von Frau Klingstein: „Herr Inspektor, Sie werden es nicht glauben. Ich habe eben einen Anruf aus der Pathologie erhalten, dass im Blut meines Mannes Alkohol gefunden wurde."

Das fand Meininger jetzt erst mal nicht ungewöhnlich und fragte sicherheitshalber nach: „Wäre das denn verdächtig?"

„Sie müssen wissen, dass mein Mann eine absolute Alkoholunverträglichkeit hat; schon geringe Mengen können bei ihm drastische Auswirkungen haben", führte Frau Klingstein aus.

Meininger hatte schon mal von einer Alkoholunverträglichkeit gehört, war allerdings bisher noch nie selbst damit konfrontiert. Er konnte sich das nur schwer vorstellen, da er selbst ganz gerne ein Feierabendbier trank.

„Wusste er denn selbst davon?"

„Selbstverständlich. Er hätte deshalb auch nie freiwillig etwas mit Alkohol getrunken. Ich sage es Ihnen, irgendwas ist da faul."

„Haben Sie schon mit den lokalen Ermittlern darüber gesprochen?"

„Ja, habe ich selbstverständlich auch. Aber ich habe das Gefühl, die interessieren sich gar nicht wirklich für den Fall oder nehmen das nicht so ernst wie Sie."

Meininger bedankte sich für das Vertrauen und versprach dem auf den Grund zu gehen. Als er auflegte, merkte er, dass Jenny alles mitgehört hatte und ihn nun mit bösem Blick fixierte.

„Du ermittelst doch schon wieder, gib es zu", sagte sie wütend.

„Ja, okay, ich helfe da ein bisschen mit. Frau Klingstein, also die Frau des Opfers, hat mich darum gebeten."

„Ach, jetzt ist es schon ein Opfer? Warum überlässt du das nicht den lokalen Polizisten? Die werden ihren Job machen", sagte Jenny sichtlich genervt.

„Es tut mir leid, aber du kennst mich. Ich kann doch zum jetzigen Zeitpunkt nicht einfach aufhören; jetzt, wo ich eine heiße Spur habe. Ich verspreche dir, dass ich das wiedergutmachen werde", sagte Meininger und schaute seine Freundin mit Dackelblick an. Daraufhin verdrehte Jenny die Augen und ging erst mal ins Bad. Es war einfach zwecklos. Sobald Meininger eine Spur hatte, musste er ihr folgen.

Am nächsten Tag nahm sich Meininger fest vor, nachmittags auf der Almhütte den Chef zu dem Fall zu befragen. Er musste erfahren, was an dem Tag auf der Hütte wirklich geschehen ist.

Jenny hatte mittlerweile ihren Widerstand auch aufgegeben und so verabschiedeten sie sich nach dem Essen und sie fuhr schon vor ins Tal, bevor Meininger an der Theke nach dem Wirt verlangte.

„Hallo, was kann ich für Sie tun?"

„Guten Tag, mein Name ist Inspektor Meininger. Ich ermittle im Fall von dem verstorbenen Herrn Klingstein."

„Dazu wurde ich doch schon kürzlich befragt. Zeigen Sie mir bitte Ihren Dienstausweis", forderte ihn der Wirt auf.

Meininger zeigte ihm seinen Ausweis, den dieser kritisch begutachtete.

„Interessant, Sie kommen aus Hannover? Aber doch nicht nur für den Fall, oder?"

„Nein, ich mache hier Urlaub und helfe nebenbei der lokalen Polizei. Wissen Sie vielleicht noch, was Herr Klingstein an dem Tag getrunken hat, bevor er wieder Richtung Tal aufbrach?"

„Ja, er hatte in Summe drei Tassen Tee getrunken. Ich hatte mich ehrlich gesagt auch schon gewundert."

„Worüber?", hakte Meininger nach.

„Na ja, dass er nicht was Richtiges getrunken hat, wenn Sie verstehen, was ich meine."

„Ich verstehe. Kannten Sie Herrn Klingstein oder war er für Sie ein Unbekannter?"

„Ich kannte ihn noch aus der Schulzeit, aber das ist lange her. Ich bezweifle, dass er sich überhaupt an mich erinnern konnte. Sie müssen wissen, ich sah damals noch ganz anders aus, deutlich dicker. Er hat mich damals öfter Fettsack genannt."

Meininger notierte sich alles. Und fragte schließlich: „Alles klar, vielen Dank für Ihre Zeit. Dürfte ich noch zum Abschluss Ihren Namen erfahren?"

„Mein Name ist Arthur Brand."

Meininger bedankte sich und fuhr zurück ins Tal. Er müsste noch mal mit Frau Klingstein über diesen Herrn Brand reden.

Nach dem Abendessen setzte sich Meininger noch an die Bar und trank ein letztes Bier. Da betrat Frau Klingstein den Raum. Sie hatte Probleme einzuschlafen, was angesichts der aktuellen Situation mehr als verständlich war. Meininger dachte, er würde nun die Gunst der Stunde nutzen und noch ein paar Fragen stellen:

„Frau Klingstein, sagt Ihnen der Name Arthur Brand etwas?"

„Ich muss mal kurz nachdenken, irgendwie kommt er mir bekannt vor." Sie dachte darüber nach. „Moment mal, das war doch dieser Schulfreund von meinem Mann, dieser Fettsack. Entschuldigung, wir haben ihn damals so genannt."

„Sie waren mit ihrem Mann bereits in der Schule?"

„Ja, wir kannten uns noch aus der Schulzeit. Sie kennen ja den Spruch, alte Liebe rostet nicht."

„Ja. Haben Sie ihn damals auch so genannt?"

„Ja, einige Kinder taten das. Das war zugegebenermaßen nicht gerade sehr nett, aber sie wissen ja, wie Kinder so sind."

Meininger wusste das nur am Rande, denn er hatte selbst noch keine Kinder.

„Wie lang standen Sie mit Herrn Brand in Kontakt?"

„Wir waren nicht wirklich befreundet, aber der lose Kontakt hielt noch bis zur Studienzeit, ehe sich die Wege trennten und wir nach Frankfurt zogen. Arthur blieb weiterhin zu Hause wohnen."

„Meinen Sie, er wusste von der Alkoholunverträglichkeit Ihres Mannes?"

„Ganz bestimmt. Wir waren oft auf Schulpartys zusammen, wo mein Mann nichts trinken durfte, im Gegensatz zu den anderen."

Meininger schaute auf die Uhr und merkte, dass es schon kurz vor zwölf war. Er verabschiedete sich von Frau Klingstein und schlich sich leise in sein Zimmer, wo Jenny bereits schlief.

Am nächsten Tag war der Urlaub bereits fast verstrichen, als Meininger registrierte, dass ihm die Zeit allmählich davonlief.

Er würde heute noch einmal zur Almhütte fahren und mit Herrn Brand reden. Ihm ist am Vorabend, nach dem Gespräch mit Frau Klingstein, noch eine entscheidende Frage eingefallen.

„Herr Brand, können wir uns noch einmal ungestört unterhalten?"

„Wenn es sein muss. Kommen Sie bitte mit in mein Büro."

64

Das Büro war verstaubt und wirkte regelrecht heruntergekommen. Es stand im kompletten Gegensatz zu dem Glanz der Almhütte.

„Ja, ich weiß, es ist hier ein bisschen staubig, aber ich hatte noch keine Zeit aufzuräumen. Was möchten Sie denn noch fragen?"

„Herr Brand, ich muss noch mal kurz auf Ihre Schulzeit zu sprechen kommen: Nannten Sie alle Kinder ‚Fettsack' oder nur das Ehepaar Klingstein?"

„In erster Linie war das Anton, also Herr Klingstein, der mich geärgert hat. Der hat mir die ganze Schulzeit damit versaut. Seine Freundin, Violetta, war da etwas zurückhaltender, aber auch nicht ohne."

„Sie sagen, es hätte Ihnen die ganze Schulzeit versaut. Litten Sie danach noch weiterhin darunter?"

„Ja natürlich. Mein Selbstbewusstsein war dahin. Ich brauchte sehr lange, um das alles zu verdauen. Aber dann habe ich richtig abgenommen und es allen gezeigt."

„Herr Brand, wussten Sie, dass Herr Klingstein keinen Alkohol vertrug?"

„Das hat er zumindest immer behauptet und sich geweigert, mit uns mitzuziehen. Ich weiß nicht, wie viel Wahrheit tatsächlich dahintersteckte, aber ich konnte mir das einfach nicht vorstellen."

„Im Blut von Herrn Klingstein wurde eine für seine Verhältnisse beträchtliche Menge Alkohol gefunden. Er hatte eine absolute Alkoholunverträglichkeit. Hat er bei Ihnen außer dem Tee sonst noch irgendwas konsumiert? Irgendwas, wo Alkohol eventuell mit drin war?"

Meininger merkte, wie bestürzt Herr Brand bei der Aussage plötzlich wirkte. Er fiel regelrecht in sich zusammen.

„Sie meinen, er starb wohl durch den Alkohol?", fragte er mit zittriger Stimme.

„Davon ist auszugehen. Herr Brand, was geschah wirklich an dem Tag?"

Meininger merkte, dass Arthur Brand ihm etwas verschwiegen hatte, etwas ganz Entscheidendes.

„Oh Gott, mir wird ganz schlecht. Also gut, ich habe dem Anton immer jeweils einen Schuss Rum in den Tee getan. Ich wollte nicht, dass er daran stirbt. Ich wollte nur, dass es ihm etwas schlecht geht, sozusagen als kleiner Racheakt für die Zeit damals. Ich dachte, wenn er etwas leiden würde, dann wäre das nur gerecht. Ich habe immerhin die ganze Schulzeit unter ihm gelitten. Aber ich wollte das nicht. Ich wollte den Anton nicht umbringen, das müssen Sie mir glauben", sagte er ganz aufgebracht.

„Ich glaube Ihnen das, Herr Brand. Ich muss an der Stelle dennoch meine Kollegen informieren."

Als die lokalen Polizisten eintrafen und das Geständnis von Herrn Brand vernahmen, nahmen sie ihn in Gewahrsam und fuhren mit ihm aufs Polizeirevier.

Hatte Meininger also doch wieder mal den richtigen Riecher gehabt. Er war schon bisschen stolz auf sich, wie er das gelöst hatte und auch Jenny schien ihm nicht mehr böse zu sein.

„Du bist einfach mein Sherlock Holmes", sagte sie zu ihm im Auto und drückte ihm einen Kuss auf die Wange, ehe sie nach Hause losfuhren.

Schlusswort

Inspektor Meininger dachte zu Hause noch lange über die drei Fälle des vergangenen halben Jahres nach – drei verschiedene Motive und doch hatten sie alle eine Gemeinsamkeit: Das menschliche Gefühl von Versagen und einer tief sitzenden Ohnmacht, die in einem Racheakt mündeten.

Da war zum einen die Mutter, die ihr Kind vor dem falschen Mann beschützen wollte und sich nicht anders zu helfen wusste; im zweiten Fall die falschen Kollegen, die für ihre Zielerreichung bereit waren, ein Menschenleben zu opfern und schließlich der Racheakt aus der Kindheit, der weit übers Ziel hinausschoss.

Was bringt Menschen überhaupt dazu, andere Menschen umzubringen? Ist es vielleicht eine Mischung aus Ohnmacht, Egoismus und einer Prise krimineller Energie? Wann wird ein Mensch zum Täter? Diese Fragen stellte sich Meininger immer wieder.

Und während er so darüber nachdachte, setzte er sich auf eine Parkbank, schloss seine Augen und atmete tief die heranwehende Frühlingsluft ein.

Sei deines Willens Herr und deines Gewissens Knecht.
(Marie von Ebner-Eschenbach)